W9-BIK-770

도깨비를 빨아 버린 우리 엄마

빨래하기를 아주아주 좋아하는 엄마가 있었습니다.

"오늘도 날씨가 참 좋구나."
엄마는 소매를 둘둘 걷어붙이고
커튼을 휙 떼어서
억센 팔로 금세 빨아 버렸습니다.
바지도 조끼도 양말도 홑이불도 베갯잇도 모두
눈 깜짝할 사이에 빨아 버렸습니다.

집 안에 있는 빨래를 모두 해치운 엄마는 아이들에게 말했습니다.
"애들아, 아무거나 빨 것 좀 찾아오너라."
아이들이 근처에 있던 고양이를 보았습니다.
하지만 고양이가 말했습니다.
"언제나 핥고 있으니까 난 깨끗해요."
그리고 쏜살같이 달아났습니다.

고양이는 달리면서 개에게 말했습니다.
"큰일 났어! 우리를 빨아 버린대."
소시지를 먹고 있던 개는
이 말을 듣고 깜짝 놀라 달아났습니다.
고양이가 닭장 앞을 달리자
이번에는 닭들이 깜짝 놀라 달아났습니다.
이 소동 때문에 신발장의 슬리퍼와 구두, 우산들도
모두 달아나기 시작했습니다.

그것을 본 엄마가 크게 소리쳤습니다.

"꼼짝 마!"

마술에 걸린 듯

갑자기 숨이 막히고

온몸이 저려서

움직일 수 없었습니다.

엄마는 한꺼번에 빨래 통에 몰아넣고

눈 깜짝할 사이에 빨아 버렸습니다.

빨래가 끝나자 엄마는
뜰에 있는 나무에 줄을 매었습니다.
뜰에 자리가 부족했기 때문에
뜰 너머 숲에 있는 나무에도 줄을 매었습니다.
줄마다 가득가득 빨래를 널었습니다.
고양이도 개도 닭도 소시지도 구두도 슬리퍼도
모두 집게로 집어 빨랫줄에 널었습니다.

엄마는 기분 좋게 말했습니다.
"아, 빨래를 널고 나니까
속이 다 후련하구나!"

그때 마침 저쪽 하늘에서
천둥번개도깨비를 태운 구름이 움직이기 시작했습니다.
"어, 저게 뭐지? 구름아, 구름아, 번개구름아.
저기에 가면 내가 좋아하는 은방망이 금방망이가 있을지도 몰라."
천둥번개도깨비는 구름을 운전해서 전속력으로 빨래에 다가갔습니다.

하늘이 깜깜해지자
엄마는 허겁지겁 빨래를 걷었습니다.
갑자기
번쩍 번개가 치고
우르릉 쾅쾅 천둥이 울렸습니다.

가만히 보니 빨랫줄에는

때 묻은 천둥번개도깨비가 걸려 바둥거리고 있었습니다.

"도대체 여기가 어디야? 마치 거미집 같은데,

이렇게 줄이 많으니 이 천둥번개도깨비님이라도 안 걸리고 배기나!"

이 말을 들은 엄마는 화가 났습니다.

"거미집이라니! 그런 실례되는 말이 어디 있니? 그보다 너는 여기 뭐하러 왔어?"

그러자 천둥번개도깨비가 말했습니다.

"뭐하러 오다니? 내가 은방망이 금방망이를 가지러 온 것은 뻔한 일 아니야?"

"뭐라고?
아주 건방진 도깨비로구나."
엄마는 정말 화가 나서
도깨비의 목을 잡아끌고 빨래 통에 풍덩 집어 던졌습니다.

"아이고, 맙소사! 정말 더러운 도깨비네."
빨아 놓은 천둥번개도깨비를 펼쳐 보고 엄마는 깜짝 놀랐습니다.
도깨비가 쭈글쭈글해진 데다가
눈, 코, 입도 없어져 버렸기 때문입니다.
"생각보다 단정하지 못한 도깨비로구나."
엄마는 도깨비를 빨래집게로 집어 넣은 후에
탁탁 쳐서 주름을 폈습니다.

천둥번개도깨비가 바짝 말랐습니다.
"여기가 앞이야, 뒤야?
정말 알 수가 없네."
엄마는 도깨비를 잠시 바라보다가
아이들에게 말했습니다.
"도깨비 얼굴을 좀 그려 보렴."
아이들은 재빨리 크레용을 가지고 와서
그리기 시작했습니다.

"이게 나야?"
천둥번개도깨비는 거울을 보고 깜짝 놀랐습니다.
"웬일이지? 아주 예쁜 아이가 되었네."
도깨비는 여기저기 자세히 보고는 말했습니다.
"마음에 들지 않으면 다시 한 번 빨아 줄게."
엄마가 말하자, 도깨비는
"아니에요, 아니에요. 난 이대로가 좋아요."
하며 재빨리 하늘로 달아났습니다.

다음 날 아침,

"오늘도 참 좋은 날씨로구나."

엄마는 또 빨래 통을 꺼내 왔습니다.

엄마는 어제 빨았던 것이나 빨지 않았던 것이나

상관하지 않고 모두 다시 빨았습니다.

그때, 갑자기 시커먼 구름이 잔뜩 몰려왔습니다.

번쩍 우르릉 쾅!

엄마가 깜짝 놀라 돌아보니,

주위는 온통 도깨비 천지였습니다.
모두 더러운 도깨비들이었습니다.
도깨비들이 합창하듯 말했습니다.
"빨아 주세요, 씻겨 주세요!"
"그려 주세요, 예쁜 아이로 만들어 주세요!"
"어제처럼 또 해 주세요!"

엄마는 힘차게 말했습니다.

"좋아, 나에게 맡겨!"

사토 와키코 글·그림

1937년 일본 도쿄에서 태어나 고등학교를 졸업하고 디자이너로 일했습니다. 1966년부터 창작 활동을 시작하여 1978년『삐악이는 흉내쟁이』로 제1회 일본 그림책상을 받았습니다. 많은 그림책과 동화를 쓰며 나가노현에 있는 '작은 그림책 미술관'을 운영하고 있습니다. 그림책으로『도깨비를 다시 빨아 버린 우리 엄마』『달님을 빨아 버린 우리 엄마』『어디로 소풍 갈까?』『알이 사라졌어요』『비 오는 건 싫어』『씽씽 달려라! 침대썰매』『화가 난 수박 씨앗』『군고구마 잔치』등이 있습니다.

이영준 옮김

부산에서 태어나 부산사범학교와 부산대학교 법대를 졸업했습니다. 개천예술제에서『동물원의 새나라』로 작품상, 연출상을 수상하며 문단에 데뷔했습니다. 한국아동문학인협회장을 역임했고, 한국문학교육연구회, 책나라 독서회 회장으로 일했습니다. 많은 번역서와『탐정 클럽 1·2』『숙제왕 그룹』등 창작 작품 100여 권이 있습니다.

도깨비를 빨아 버린 우리 엄마

1991년 9월 25일 1판 1쇄
2022년 9월 28일 1판 49쇄

글·그린이 사토 와키코
옮긴이 이영준

펴낸이 임상백   기획편집 이규민, 임주희   디자인 이혜희, 정든해   제작 이호철   독자감동 이명천, 장재혁, 김태운   경영지원 남재연

Text & Illustrations ⓒ 1978 Wakiko Sato
Originally published in 1978 by Fukuinkan Shoten, Publishers, Inc., Tokyo, Japan,
Korean Translation Copyright ⓒ 1991 by Hollym Corp., publishers, Seoul, Korea

ISBN 978-89-7094-019-9 77890

* 값은 뒤표지에 있습니다.
* 잘못 만들어진 책은 구입하신 곳에서 바꾸어 드립니다.

한림출판사
Hollym

주소 (03190) 서울특별시 종로구 종로12길 15 | 등록 1963년 1월 18일 제 300-1963-1호
전화 02-735-7551~4 | 전송 02-730-5149 | 전자우편 info@hollym.co.kr | 홈페이지 hollym.co.kr
블로그 blog.naver.com/hollympub | 페이스북 facebook.com/hollymbook | 인스타그램 instagram.com/hollymbook